1888 Mai 16

MAI × 1888

CATALOGUE

des

TABLEAUX ET PASTELS

Œuvres de

LOUIS CARRIER-BELLEUSE

DONT LA VENTE AURA LIEU

HOTEL DROUOT, SALLE N° 3

Le Mercredi 16 Mai 1888

A TROIS HEURES

Me ESCRIBE	**M. A. BLOCHE**
COMMISSAIRE - PRISEUR	EXPERT
6, rue de Hanovre	23, rue Chauchat

EXPOSITIONS

PARTICULIÈRE	PUBLIQUE
Galerie J. DUVAL	**Hôtel Drouot, Salle N° 3**
13, boul. de la Madeleine	de 1 h. à 5 heures
DU 9 AU 12 MAI INCLUS	LE MARDI 15 MAI 1888

CONDITIONS DE LA VENTE

Elle sera faite au comptant.

Les Acquéreurs payeront, en sus des adjudications, CINQ CENTIMES PAR FRANC applicables aux frais.

Paris. — Imp. Photo. G. Poirel et Cie, 38, rue de la Tour d'Auvergne.

MARINES

SCÈNES & VUES DE BOULOGNE-s-MER

1 — *La rue du Fort en bois*

Quartier des Pêcheurs, h. 1 40 l. 0. 95

2 — *Les Remmailleuses de filets*

h. 0. 90 l. 1. 20

3 — *Intérieur de Salaisons de Harengs*

h. 0. 90 l. 1. 20

4 — *Intérieur de Voilier*

h. 0. 48 l. 0. 64

5 — *Remmailleuses au repos*
h. 0. 63 l. 0. 75

6 — *Scieurs de long*
(Chantiers de construction de bateaux)
h. 0. 54 l. 0. 73

7 — *Tannerie de filets*
h. 0. 54 l. 0. 73

8 — *Port de Boulogne*, marée basse
Effet de chasse (Décembre)
h. 0. 55 l. 1. 25

9 — *Quai de Boulogne*
La harengeason (décembre) h. 0. 55 l. 1. 20

10 — *Le port d'Equihen*
h. 0. 50 l. 0. 73

11 — *Le berger et la Mer*
h. 0. 49 l. 0. 73

12 — *Le pont de Boulogne*
marée basse h. 0. 49 l. 0. 73

13 — *Boulogne,* vue de la sortie du port
h. 0. 49 l. 0. 73

14 — *Petite vue*
Marée basse (Hiver)
h. 0. 35 l. 0. 68

15 — *Grosse-Mer*
h. 0. 28 l. 0. 58

16 — *Étude de plage,* marée basse
h. 0. l. 0.

17 — *Jetée de Boulogne*, brouillard

h. 0. 33 l. 0. 55

18 — *Etude de rochers*

h. 0. 33 l. 0. 55

19 — *Tempête*

Sortie de bateaux de pêche

h. 0. 33 0. 55

20 — *Calme*

h. 0. 33 l. 0. 55

21 — *Grande Marée*

h. 0. 28 l. 0. 58

22 — *Une Épave*

h. 0. 28 l. 0. 58

23 — *Vue de Capécure*
(Chantiers de construction)
h. 0. 33 l. 0. 70

24 — *Soleil couchant*
h. 0. 33 l. 0. 70

SCÈNES ET VUES
DE PARIS

25 — *Ruines de l'Opéra-Comique*

h. 0. 50 l. 0. 74

26 — *Le Laitier*

h. 0. 38 l. 0. 65

27 — *Le Vitrier*

h. 0. 46 l. 0. 56

28 — *Le Chiffonnier*

h. 0. 46 l. 0. 56

29 — *L'art d'accomoder les restes*
h. 0. 46 l. 0. 56

30 — *Le petit joueur d'accordéon*
h. 0. 46 l. 0. 56

31 — *La Fleuriste*
h. 0. 46 l. 0. 56

TABLEAUX DE GENRE

32 — *L'Amateur de sculptures*

h. 0. l. 0.

33 — *La Comparaison*

h. 0. 64 l. 0. 46

34 — *L'Estampeur*

h. 0. 73 l. 0. 54

NATURES MORTES

35 — *Le pot de terre et le pot de fer*

h. 0. 55 l. 1. 20

36 — *Le Pot-au-feu*

h. 0. 33 l. 0. 55

37 — *Œufs et Ustensiles de cuisine*

h. 0. 36 l. 0. 50

38 — *Splendeurs et Misère*

h. 0. 49 l. 0. 73

PASTELS

39 — *La petite bouquetière*
h. 0. 73 l. 0. 54

40 — *Le jour de fète*
h. 0. 73 l. 0. 54

41 — *L'Écolière*
h. 0. 73 l. 1. 54

42 — *Retour des champs*
h. 0. 73 l. 0. 54

43 — *Prière du soir*

h. 0. 38 l. 0. 46

44 — *Le Petit Général*

h. 0. 38 l. 0. 46

www.ingramcontent.com/pod-product-compliance
Ingram Content Group UK Ltd.
Pitfield, Milton Keynes, MK11 3LW, UK
UKHW020529180726
13839UKWH00005B/2389

9 782329 448428